LA FEMME

CRÉÉE AVANT L'HOMME,

LE DINER DE L'OURS,

ET AUTRES PASSE-TEMPS INÉDITS DE L'ARISTENÈTE FRANÇAIS ;

Manuscrits tombés de sa poche rue du Pont-aux-Choux, e trouvés par moi son ami et son cousin CORÉBUS.

Procul Iinc, Harioli et Magi ! ! !
Maretent in tenebris omnia, nisi Litterarum
Lumen accederet.

CIC.

I FRANC.

PARIS,

CHEZ LES MARCHANDS DE NOUVEAUTÉS ;
ET CHEZ L'AUTEUR, AU CAFÉ LYONNAIS, RUE ST-LOUIS, N. 23, AU MARAIS.

1830.

IMPRIMERIE DE AUG AUFFRAY.

LA FEMME

CRÉÉE AVANT L'HOMME,

LE DINER DE L'OURS,

ET AUTRES PASSE-TEMPS INÉDITS DE L'ARISTENÈTE FRANÇAIS;

Manuscrits tombés de sa poche rue du Pont-aux-Choux, et trouvés par moi son ami et son cousin CORÉBUS.

I FRANC.

PARIS,

CHEZ LES MARCHANDS DE NOUVEAUTÉS;

ET CHEZ L'AUTEUR, AU CAFÉ LYONNAIS, RUE St-LOUIS, N. 23, AU MARAIS.

IMPRIMERIE DE AUG. AUFFRAY, PASSAGE DU CAIRE, N. 54.

1830.

PRÉDICTION

DICTÉE PAR UN GÉNIE A UN ILLUSTRE HABITANT DES CHAMPS-ÉLYSÉES, EN 1825, ET REPRODUITE ICI MOT POUR MOT.

« *Tous les rois seront un jour adorés de leurs* » *peuples, et tous les peuples seront libres. Plus de* » *guerres, plus de grands hommes aux dépens des* » *générations écrasées : plus de fausses religions qui* » *sont une insulte à l'Eternel; la vérité en tout, rien* » *que la vérité. Enfin, la justice et la vertu régneront* » *d'un pole à l'autre dans quatre mille ans.* »

Élu d'un peuple libre, exemple des bons Rois à naître, PHILIPPE Ier leur ouvre la carrière, et il règne en citoyen doué de toutes les vertus promises : la prédiction s'accomplit, et le bonheur commence.... quarante siècles avant les jours prévus !

VIVE PHILIPPE ! VIVE LE ROI !

NOGARET FÉLIX.

Cette feuille était composée et sous presse, quand mon cousin m'a adressé la prédiction ci-dessus.

« Puisque tu te fais, me dit-il, l'éditeur de quelques-uns de mes passe-temps tombés sous ta main ; qu'ainsi tu m'exposes à la critique des gens de goût, et à celle des hurleurs contre la philosophie ; il faudrait, pour mon honneur et ma satisfaction, donner place avant tout à ce que je t'envoie, *chose remarquable*, et la seule digne de l'attention du lecteur. »

ARIS.

Corébus au Lecteur.

———◦———

Si je juge des intentions de mon cousin d'après l'in-
différence avec laquelle il vient de laisser à ma dispo-
sition les manuscrits que je lui reportais, je crois qu'il
a renoncé à faire des contes pour rire, que les circon-
stances l'ont électrisé, c'est qu'il se propose de s'occuper
de choses plus graves et plus mémorables que son *Der-
nier Soupir* et ses *OEufs frais ;* car, au nombre des
manuscrits tombés sous ma main, se trouve le canevas
d'un poëme héroïque qui aurait pour titre : *La France*

régénérée ou *la Charte reconquise.* Je dirai toutefois ce qui se trouve au bas de cette esquisse :

« Me voici privé de la vue, j'ai besoin d'une Anti-
» gone ; je n'ai cependant pas tué mon père ; je puis
» tout au plus m'accuser d'avoir blessé quelques Roman-
» tiques, ce qui n'est pas un crime, puisque deux gens de
» lettres, pairs de France (de l'ancienne roche), m'ont
» complimenté par écrit à ce sujet. De pareils encoura-
» gemens me devraient inspirer de la confiance ; mais
» je trébuche sur mes deux flageolets : mes quatre-vingt-
» dix ans me font croire à chaque instant qu'armé de
» sa faulx, le redoutable squelette heurte à ma porte.
» Je n'ai plus assez de tête pour donner à un sujet de
» cette importance l'intérêt qu'il exige. C'est une tâche
» que je laisse à MM. Delavigne, Lamartine, Lebrun-
» Torsa, de Plombières, Cahingue ou autres bons
» faiseurs ; voire même au célèbre Crustacée, M. Victor
» Hugo, s'il veut enfin mettre à profit le talent *réel*
» qu'il tient enseveli sous une écorce rebutante.

« Si l'on fait une dédicace, il convient de l'adresser
» aux braves Parisiens, dont le courage a si bien
» prouvé qu'ils ne sont pas toujours des badauds. »

Je ne changerai rien à l'ordre dans lequel ces pièces détachées sont tombées sous ma main ; je me contente-rai de dire que mon vieux cousin, philosophe trem-bleur au temps où la vérité, sortant de son puits, se faisait emprisonner, ses productions sont parfois signées SINAPI. Il faut croire qu'il avait peur qu'on ne les trouvât mal sonnantes et sentant l'hérésie; cependant on verra que son but était de s'opposer aux progrès du poison (*). En sorte qu'au lieu d'apporter un remède à ses effets, il tint dans l'obscurité un antidote trop de fois décrié par des censeurs aux mains desquels l'autorité despotique mettait les ciseaux d'Atro-

(*) Il y a des poisons de tant de sortes que l'on peut y comprendre comme un venin corrosif, destructeur de la tolérance, une doctrine qui a enfanté tant d'énergumènes, qui a fait faire les massacres de la Saint Barthelemy, qui a mis le poignard aux mains de Ravaillac, porté le flambeau des furies dans le Palatinat, et dont les dévotes prennent une si forte dose qu'à l'aspect d'un vertueux protestant ou d'un philosophe elles reculent d'horreur. Vous aurez remarqué qu'au sortir du temple, que dans une soirée les choses changent; que le violon guérit ces dames comme des gens mordus par la Tarentule; je sais cela; j'en ai vu dans un bal qui, serrées de près par la PHILOSOPHIE en escarpins, finissaient par aller tomber tout étourdies et quasi pamées sur un sopha, en attendant une reprise : *mundum satiata recessit.* Voilà qui est bon; mais on fait toujours bien de les mettre en garde contre une doctrine qui inspire la haine, et peut leur faire redire intérieurement comme cet autre : pourquoi n'y a-t-il plus de dragonades ?

pos. Ce que le hasard vient de nous faire trouver de ce secours alexipharmaque n'est qu'un échantillon de ce que mon cousin a dans son arrière-magasin, et c'est ce qu'on verra, si la fatale comète ne vient pas dans dix-huit mois nous submerger ou nous réduire en charbons.

CORÉBUS.

A MON PATRON,

LE BIENHEUREUX SAINT FÉLIX.

INVOGATION *.

. . . .
. . . .
. . . .
. . . .

Aux préjugés je fais la guerre,
Je la fais aux ambitieux
Dont la fausse vertu, la vertu mercenaire
Couvre ses intérêts de l'intérêt des cieux.

Peut-on n'être pas l'adversaire
D'une foule de faux docteurs,
Secte au bonnet triangulaire,
Impertinens déclamateurs,
Qui damnent Jean-Jacques, Voltaire,
L'historien de Bélisaire,

* Le début de cette pièce, signée SINAPI, est restée sous
un des pavés déplacés pour les barricades.

Quantité d'autres bons auteurs;
Et l'imprimeur et le libraire,
Et tout cabinet littéraire
Où vont se perdre les lecteurs?
Protégez-moi, grand saint, auprès de Dieu le père;
C'est pour lui que je suis contraire
A ces hommes fallacieux,
Flambeaux du stupide vulgaire.
L'homme n'a pas reçu des cieux
La raison, la bouche et deux yeux,
Pour ne rien voir et pour se taire.

LE SOLILOQUE

INTERROMPU PAR UN DOCTEUR.

Et redit ad nihilum quod fuit antè nihil.

ARIST. *seul.*

Quand la terre était plate, on disait de l'Enfer
Que son prince régnant, le seigneur Lucifer
Y faisait sans pitié griller la race humaine;
Et qu'en haut, tout là-haut, dans la céleste plaine,
　　Régnait, l'un disait Jupiter,
Les autres Jehovah, dont le brillant domaine
Est pour l'homme de bien un séjour tout nouveau,
Un monde où la vertu trouve un terme à sa peine,
　　Et ne voit jamais son bourreau.
Mais depuis que la terre, à peu près ovoïde,
Ainsi qu'un papillon va roulant dans le vide,
Amoureuse du feu qui vient la ranimer,
　　Plus d'Enfer (*), plus de Purgatoire;
Partant nouveaux sermons, mais chétif auditoire !
　　La femme qu'on est las d'aimer,
Celle de qui la bosse à nos plus fiers gendarmes,
Loin d'inspirer l'amour ferait baisser les armes,

(*) On peut nier l'Enfer sans cesser de croire au Paradis,
pourvu qu'il soit sans murs, sans portes, et sans portier.
Le lyrique Rousseau a mis Dieu en prison.

Tristement dans la nef se va seule enrhumer,
Rêvant un Paradis bien fait pour la charmer.
Un Paradis ! Sans doute, et nous devons y croire ;
Où fourrer, sans cela, tant de prédestinés,
Qui sur terre humblement marchent baissant le nez ?
Leur conduite est sans tache, et qui sait leur histoire
Doit... et peut aisément honorer leur mémoire.

De l'azur qui paraît nous servir de prison
La calotte s'étend, et, grâce à la raison,
    'Maintenant un double horison
      Manifeste un séjour de gloire,
Vaste, propre à loger mille fois plus d'élus
Que dans un almanach on en trouve d'inclus.

UN DOCTEUR. (*Il écoutait aux portes ; il entre.*)

Benè fit! Maintenant nous avons de la marge :
Qui l'aura mérité va se trouver au large ;
Et l'on ne verra plus sur terre à l'abandon
Tant de saints ignorés, sans chapelle et sans nom,
Pour être nés plus tard que Saint Lô, Saint Pancrace,
Et le nouveau Quichotte Inigo-Saint-Ignace.
On peut, nous quadruplant dans le calendrier,
Donner des bienheureux le catalogue entier.

ARIST.....

Placez-y donc Colomb, qui, bravant toute crainte,
D'un double ciel prouva la circulaire enceinte ;
Et riez avec nous du tribunal hué,

Où de sept cardinaux la caboche pelée
A trois ans de cachot condamna Galilée
Pour avoir mieux parlé que ne fit Josué.

LE DOCTEUR.

De l'histoire plutôt, ah! que son nom s'efface!
Il nous ôta l'enfer! se peut-il qu'on s'en passe?
      Non, Monsieur! non, vos esprits forts,
Ces prôneurs d'un seul dieu, d'un seul! ces gens-là morts,
Où les logerons-nous ?

ARIST.....

            Où ? Docteur; à la place
Où vous croyez un jour vous trouver face à face
Avec cet esprit pur, sans visage et sans corps,
Qui des êtres sans nombre anime les ressorts.

LE DOCTEUR.

Dieu vous recevrait, vous, et nous serions dehors!
Vous plaisantez, monsieur : ah! vous avez beau dire,
Il est, n'en doutez pas, il est un sombre empire
Placé je ne sais où, mais certes, loin d'ici,
Où sera relégué tout pécheur endurci,
Avec cornes au front, et tout le corps noirci,
Gare à vous! l'incrédule auteur de Podalire
Doit quelque part un jour aller se faire cuire
Avec ses adhérens, dont aucun n'est absous :
Je n'en démordrai pas.

ARIST.....

Bien ! docteur. Entre nous
Persistez, méritez la palme du martyre ;
Avec cet attribut des fous,
Passeport sans valeur, il vous faudra, beau sire,
En terre, ainsi que moi, faire pousser des choux !...

LE DOCTEUR.

Ah ! ce qui n'est pas moi, cette divine flamme
Qui m'anime :

ARIST.....

J'entends : ce qu'on appelle une ame ;
Eh bien, rien de perdu ; docteur, ce feu divin
Passera de chez vous dans le corps d'un lapin,
D'un crocodile on d'un hippopotame.
Ainsi perpétué, tout mortel, homme ou femme,
Doit périr et vivre sans fin.
Le feu principe est tout, et l'enveloppe rien.

CINIS.

LA FEMME
CRÉÉE AVANT L'HOMME.

CONTE.

PRÉAMBULE.

Philosophia nos ad CREATORIS *cultum erudivit.*
ARIS.

L'HOMME a oublié que l'Éternel a mis des bornes à son intelligence comme aux flots de l'Océan. Au lieu de se prosterner en adoration, et de reconnaître dans son ignorance même la toute-puissance de l'incompréhensible, il a osé se croire et se dire fait à son image ! Encore si l'homme s'en était tenu là ; mais il a poussé plus loin l'extravagance : il a fait Dieu semblable à lui : il en a fait un potier ! Il lui a fait pétrir et façonner de la boue ! S'il n'a pas fait choix d'une plus riche matière pour se créer lui-même, c'est peut-être en quoi il a le mieux rencontré.

Le sentiment de sa force corporelle lui a fait dire qu'il a été créé avant la femme ; Dieu a voulu qu'ils fussent : l'un et l'autre ont paru en même temps. Que deviendra l'homme *fait,* tel qu'on nous l'offre, l'homme sans compagne, tourmenté par la surabondance de son être? L'histoire d'Onan, fils de Juda, n'est qu'une allégorie : au moment où il fit des sottises, c'est qu'il se trouvait sans femme, et c'est ce qui arrive à ceux qui n'en ont pas. Adam eut le temps de s'en passer : on le fait bayer aux corneilles; il s'amuse à regarder les pigeons qui se caressent. Pour avoir la raison suffisante de ses désirs, il faut qu'il dorme ! Alors d'une de ses côtes (qui lui reste) il se trouve avoir une compagne.

Rien ne m'empêche d'être aussi sot que ces radoteurs-là. *J'essaye* aujourd'hui de prouver ce que par galanterie j'avais avancé dans un repas; je réponds au défi que l'on m'a fait; je deviens créateur à mon tour, mais ce n'est pas sérieusement. *O altitudo !* Plus je réfléchis à la supposition des moyens employés par l'auteur de tout ce qui existe, plus ma raison s'y oppose. Je m'élève en quelque sorte à la hauteur du grand être dont j'emprunte le mépris pour ces fabricateurs insensés.

Si (consacrant le délire) des peintres, après l'avoir également fait homme, ne l'avaient pas en quelque sorte écartelé, je veux dire lourdement figuré en robe de chambre, et en l'air, écartant les bras et les jambes pour débrouiller le chaos; si des historiens, sans matériaux sur l'origine du monde, s'étaient contentés de nous faire part de leurs idées présumées, on en croirait ce que l'on voudrait, et l'on se tairait, parce qu'il y a toujours quelque mérite à imaginer; mais ils ont donné comme certain le fruit de leurs ridicules conceptions; les sages en ont ri comme des anciennes facéties de Scaramouche.

L'homme devient donc réellement fou lorsqu'il s'obstine à deviner et à expliquer l'incompréhensible. Ainsi de deux esprits les plus profonds et les plus lumineux dont les hommes s'honoreront à jamais, l'un perd la tête en voulant expliquer l'Apocalypse ; l'autre (pour un moment du moins) laisse entrevoir quelque dérangement dans les méninges, quand il compare le globe terrestre à un boulet rouge qui par degrés perd de son incandescence, comme si la circonférence de quinze à vingt pouces pouvait entrer en comparaison avec celle de neuf mille lieues !

Tout philosophe verra donc que je ne fais autre chose que m'amuser en me rapprochant des idées et des moyens des rêveurs du vieux temps.

LA FEMME

CRÉÉE AVANT L'HOMME.

CONTE.

Fictis jocari nos memineris Fabulis.

Sur ce globule où nous vivons,
Si le Mamoud qui précéda les hommes
Avait écrit, peut-être nous saurions
Comment après eux nous y sommes :
Nous l'ignorons..... Chacun croyant l'avoir trouvé,
En prose, en vers, dit ce qu'il a rêvé;
Voyons si j'ai fait un bon somme.

Dieu créa la femme avant l'homme;
C'est mon avis. — Parlez-vous tout de bon?
Me dit en grimaçant un bâtard de Fréron :
Avant Ève, monsieur, c'est Adam que l'on nomme;
La Genèse à la main, quiconque le voudra,
Vous taxera d'erreur et vous le prouvera.
— La Genèse, pédant! vieux récit, folle histoire;
Si tu sais mieux que moi par où Dieu commença,
Nommes-moi les témoins qui se trouvèrent là.
L'origine de l'homme est encore un grimoire;
Chacun y met du sien, sans donner du réel,
Mais voici ce que j'aime à croire :

L'Être invisible, l'Éternel,
Dieu, que, par ignorance, on a fait corporel,
Fit la femme d'abord, moule très-nécessaire,
Car sans ce moule, enfin, après Dieu, comment faire?

Au chasseur il faut du gibier;
S'il se trouve en plaine déserte ,
Il cherche à se désennuyer,
Tire aux oiseaux sa poudre, et gémit de la perte ;
Même regret pour l'être aspirant au bonheur,
    S'il n'en a pas la porte ouverte.

Dieu peut tout; écoutez. Cette nuit, en dormant,
J'ai fait de son travail l'heureuse découverte ;
J'en parle *de visu ,* c'est parler savamment.
—Arrêtez, arrêtez; vous contez des sornettes;
Vous avez vu Dieu ? vous ! Qu'ils sont fous , les poètes !
—Moins que toi, qui, soumis au dire du vieux temps,
Refusesd'écouter les conseils du bon sens.
J'ai vu (ce qui t'afflige et ne doit pas surprendre),
Oui, pendant mon sommeil, j'ai vu le tout-puissant,
    Qui, du plus haut du firmament,
    Sur terre avait daigné descendre :
    Il avait traversé les airs
Sans trompettes, sans bruit, sans foudre, sans éclairs;
    Aussi venait-il de s'y rendre,
    Pour embellir notre séjour,
    Pour créer la mère d'amour
    Que l'on ne saurait se défendre
    D'aimer et d'aimer sans retour.

Cet auteur de tout bien, lecteur, à votre tour,
    Vous allez le voir et l'entendre :
Il parle en travaillant; ayez l'esprit *ad hoc :*
    De molle argile il prit un bloc,

Et parla de cette manière :
« Aux divers animaux ras ou portant crinière,
» Restés jusqu'à présent errans sans frein, sans loi,
» Et seuls dévorant tout, je veux donner un maître
» Qui leur semble un colosse et les frappe d'effroi;
» Que partout il les dompte, et qu'il en soit le roi. »
On croirait, à l'ouïr, que de sa main puissante
Va sortir un géant qui, dès qu'il paraîtra,
        Semera partout l'épouvante.
        Et ce n'est point du tout cela.
Il fit un corps mignon, créature charmante,
Dont il fut le parrain : Eva, dit-il, Eva !
        Puis dans sa bouche il lui souffla
        Son feu divin, l'esprit de vie,
        Puis saint Michel il appela
Pour en juger, comptant sur des louanges.
Michel est, comme on sait, l'un des premiers archanges;
Il a son franc parler ; si bien que le voilà
        Qui du bon dieu critique la statue,
Vu qu'elle a tant d'attraits qu'il en a la berlue.
        Seigneur, qu'avez-vous donc fait là?
Dit-il, baissant les yeux, et d'une voix émue ;
Quel est votre dessein ?— Ha ! ha ! de faire peur
        Aux animaux. —Pardon : je crois, d'honneur,
        Que par hasard, ou par malheur,
        Vous avez fait une bévue.
Comment avez-vous cru qu'avec de si beaux yeux,
Une bouche de rose, un air si gracieux,
        Eva mettrait les animaux en fuite ?
A se rapprocher d'elle, au contraire, elle invite.

Craignez plutôt qu'un jour vos anges curieux,
Pour la voir de plus près ne descendent des cieux.
Ces deux globes mouvans, rivaux ambitieux,
Que tapissent les lys et que l'azur décore,
Ils voudront les palper, puis les palper encore.
— Vraiment ils le verront dans toute sa hauteur,
Ce beau corps ; mais sachez, monsieur le contrôleur,
Que l'œil des animaux est différent des vôtres ;
Que pour eux et pour nous les objets sont tout autres ;
Que la brute, ici-bas, ne voit jamais plus haut
Que son front renversé ; d'où vous devez conclure
    Que, pour connaître la mesure
  De tout objet, de toute créature,
    Son jugement est en défaut.
—Seigneur, je l'ignorais ; mais, pourquoi votre belle
    A mes yeux offre-t-elle
Certain je ne sais quoi qui prouve évidemment
Que vous ne l'avez pas finie entièrement ?
Pourquoi ce *déficit ?* Excusez , si j'assure
Qu'il vous faudrait ici faire un point de suture :
Au surplus , vous savez que, dans le firmament,
Nul plus que moi ne croit à votre prescience.
    Votre divine Majesté
    N'aura pas, par inadvertance,
    Fait sans but, sans utilité
Cette solution de continuité.
Que si c'est un détroit, vous aurez arrêté
    Qu'il servirait à quelque chose,
Mais à quoi ?... Dieu tout seul sait ce qu'il se propose.
—Bien pensé, bien, Michel ; car ce n'est point là tout

Et qui veut tout savoir doit tout voir jusqu'au bout.
    Le vide est partout nécessaire :
Dans le vide, Michel, le mouvement s'opère :
    Il en faut ; si tout était plein,
La lune, le soleil, tous les mondes enfin
    Ne changeraient jamais de place.
Tes ailes jusqu'à moi t'ont porté dans l'espace
Où tout grand corps circule, et tu devrais savoir
    Que sans le vide, où tout se passe,
    Tes bras ne sauraient se mouvoir.
Ce n'est donc pas en vain que d'un coup d'ébauchoir,
J'ai fait ce vide heureux que tu te plais à voir.
Aussi me reste-t-il à faire une statue
    Qui te prouve aujourd'hui l'issue
De mon double projet d'inspirer pour toujours
La terreur d'un côté, de l'autre les amours.
Tu vois le sort d'Eva ; je veux que douce, affable,
    Lorsqu'à ses genoux tombera
    Un être qui lui paraîtra,
    Et cependant point ne sera
    Tout-à-fait son semblable,
    Elle l'accueille en souriant ;
Qu'aux amoureux désirs qu'il lui fera connaître
    Elle cède complaisamment,
    Et que, sur l'appui de son être,
    Ensemble serviteur et maître,
    Elle règne en obéissant.
Voilà l'homme ; c'est lui qui me reste à produire ;
C'est ce fort qui d'Eva partagera l'empire ;
    C'est ce couple imposant,

Qui, chez le animaux, partout en se montrant,
Fera naître la peur, que je veux qu'il inspire.
Ah! Seigneur, dit Michel, que vos desseins sont beaux!
Vous ne me verrez plus censurer vos travaux;
Honteux de l'avoir fait, je me tais et j'admire.

Dieu qui sait et qui dit que ce qu'il fait est bon,
Prend de la terre encore, et fait un grand garçon,
Robuste, vigoureux, ayant barbe au menton,
Des pieds, des mains, de plus ce que chacun devine,
    Cet excédant que les fils d'Apollon
    Ont décemment, sur la double colline,
        Nommé flèche de Cupidon:
        Mot qui devient une leçon
        Pour tout plaisant, tout téméraire
        Qui, dans ce rebelle excédant,
        Ose voir encor le serpent
        Vrai tentateur de notre mère..

Quoi qu'il en soit, Adam, sitôt qu'il fut en vie,
        Éprouva la démangeaison
        De rechercher la compagnie
        D'Eva, qui, comme de raison,
        Le laissa se mettre en prison
        Au gré de sa très-douce envie.

        On conçoit que le Créateur
Dut sourire au début de son docile acteur.
Michel, en balbutiant, dit par trois fois : Courage!
Il vit que, pour semer et recueillir du grain,

Avant tout, il faut du terrain;
Qu'Eva, conséquemment, dut naître la première,
Pour devenir la pépinière
Et le berceau du genre humain.

Frères, depuis ce grand ouvrage,
Ce qu'Adam fit alors on le fait de nouveau.
Cet excédant que l'homme eut en partage
Le tourmente, le rend brûlant comme un moineau :
Jour et nuit l'oiseau vole aux portes de la cage,
Et la cage s'ouvre à l'oiseau.

Heureux qui, jeune encore, en achevant son rêve,
Retrouve à ses côtés un objet beau comme Eve!
Vous ne le verrez pas en de pénibles vers
Vous faire le tableau de fantômes divers :
Il s'attache au réel, craignant de lâcher prise;
Il est là tout entier,
Laissant aux gens à barbe grise
Le souvenir et du papier.

FÉLIX N.....

PETIT DIALOGUE

entre ARISTENÈTE et le docteur ZÉLOTYPAN.

ZÉLOTYPAN.

Vous dites, monsieur, que la femme a été créée avant l'homme ! personne ne vous croira.

ARISTENÈTE.

Pourquoi donc ?

ZÉLOTYPAN.

Si vous n'étiez pas un philosophe du nombre de ceux qui se font gloire de n'ajouter foi à rien, je vous ferais observer que vous n'êtes point d'accord avec les saintes écritures, où l'on voit que la femme, qui vint après coup, n'est autre chose qu'une côte enlevée à un homme endormi.

ARISTENÈTE.

Ah le sot ! (*haut.*) Allez vous coucher, docteur, et tâtez-vous les côtes ; vous verrez si vous en avez une de moins. Je ne prends point des fables pour des vérités.

ZÉLOTYPAN.

Eh bien, je vous dirai que s'il y a un si grand nombre d'hommes répandus sur la surface du globe, votre prétendue première femme n'en peut être la mère qu'aulant qu'i. y a eu un homme avant elle. Vous ne me prouverez peut-être pas qu'une femme puisse concevoir et engendrer sans notre participation.

ARISTENÈTE.

Vous vous trompez. Ne dites-vous pas depuis long-temps, vous et les vôtres, que Dieu a fait l'homme à son image et à sa ressemblance ?

ZÉLOTYPAN.

J'en conviens.

ARISTENÈTE.

Comment l'entendez-vous ? Est-ce au moral, est-ce au physique ? Au moral, nous les images de Dieu ! cela est impossible ; il faudrait lui supposer tous nos vices. Est-ce au physique ? Il pourrait avoir le visage d'un Lapon ou d'un nègre, il ne serait pas beau : quoi qu'il en soit, vous donnez au créateur des pieds, des mains, *et cætera :* le créateur alors (humainement parlant) aurait pu infuser son image dans le sein de sa créature; mais le créateur est invisible, et puisque Dieu peut tout, il a pu lui suffire de sa volonté pour que la femme conçût et enfantât. Préférez-vous une opération mystérieuse; il en résultera les mêmes effets, et cela n'est pas sans exemple, puisqu'il y a tout au plus dix-neuf cents ans que pareille chose arriva en Judée au village de Bethléem. La première femme a donc pu concevoir et enfanter sans la participation d'un être tel que vous et moi.

Des écrivains célèbres , des naturalistes, à l'aspect de tant de corps fossiles dont on ne trouve plus les analogues, ont été convaincus de l'impossibilité d'assigner une époque à la création du globe; ils la portent à des mille millions d'années par-delà le temps où nous vivons, et en cela je suis d'accord avec les plus célèbres écrivains. Buffon, entre autres, a franchi les quatre mille ans dont on nous berce avec la rapidité d'un faon qui , s'élançant par-delà les fossés et les barricades, va se perdre dans l'obscure profondeur des bois et laisse les chasseurs à sa poursuite.

La première femme ayant été créée à une époque aussi éloignée, Adam, qui nous est donné pour le premier homme, n'est donc venu qu'à la suite de beaucoup d'autres; il n'a point été pétri et façonné par le créateur ; il a pris naissance dans le sein d'une femme, et ce qui le prouve, c'est qu'entre les régions épigastrique et hypogastrique, au-dessus de l'abdomen, on lui voit la fossette qui recèle les débris du cordon ombilical (1). Qu'avez-vous à répondre à cela ?

ZÉLOTYPAN.

Que vous parlez d'une manière opposée à tout ce qu'on a cru jusqu'à présent; que votre brochure sera brûlée dans ce monde, et vous dans l'autre.

ARISTENÈTE.

Ah le saint homme ! On dit que vous nous quittez ?

(1) Les sculpteurs et les peintres qui se sont succédés nous l'offrent ainsi de temps immémorial.

ZÉLOTYPAN.

Il n'y a pas partout des hérétiques. L'Espagne nous attend.

ARISTENÈTE.

Bon voyage.

(*à parte.*) Bon le voilà parti. Je vois que je ne me suis pas trompé en le prenant pour l'un des sicaires de la compagnie de Dieu fait homme, de Jésus, que fait aimer sa divine morale, mais qu'il faut débarrasser de leur robe, pour ne pas l'y croire remplacé par le Léviathan. L'hypocrite ne voit pas, ou fait semblant de ne pas voir qu'en me servant des moyens employés par d'anciens fabulistes, et jugés admissibles par des biblio-manes, dignes appuis de leur extravagance, je me suis amusé à leurs dépens.

Qu'importe, en effet, que l'homme ait été créé avant la femme ou la femme avant l'homme? Le fort de l'at-taque porte sur la sottise d'avoir fait un humain de la divinité.

Il faut que nos ayeux aient été bien ignorans ou bien vains, pour avoir imaginé que Dieu était venu tout exprès sur la terre pour nous donner le père Adam. On voit que leur attention n'a porté que sur l'homme, laissant de côté l'éléphant et la mouche. Cependant les animaux et l'homme, bêtes et gens sont tous de la même pâte. L'homme aurait été bientôt fait; mais quelle patience et combien de temps il aurait fallu à Dieu, si les animaux n'avaient pas été oubliés, et qu'il eût eu à façonner et organiser des animalcules, dont plusieurs milliers *réunis* ne seraient pas assez nombreux pour couvrir une feuille des arbres évidemment reconnus dans la moisissure !

Enfans de la terre, tous les êtres rentrent dans le sein de leur mère, qui les dévore, après les avoir laissés pendant un laps de temps se nourrir de ses productions.

Tout est poussière, tout en sort et tout y rentre ; la mort seule établit la différence entre la poussière vivante et la poussière inanimée.

Curieux de me convaincre d'une si terrible vérité, je descends dans les catacombes, où, privé de la lumière du soleil, je marche à la lueur d'un lugubre flambeau. A l'aspect de tant d'ossemens décharnés, je me demande où sont le foie, la rate, le cœur de tant d'hommes dont il ne reste que la charpente. Cette enveloppe séduisante qui, rivale du satin le plus doux et de la fraîcheur des roses, mettait l'homme en adoration aux genoux de la beauté, qu'est-elle devenue? Je n'ai pas besoin pour l'apprendre, qu'un habitué de paroisse vienne me salir le front avec la cendre de son vieux surplis ; mon imagination va plus loin que sa phrase banale ; suis-je à la promenade ou sur un grand chemin? la poussière que j'avale est peut-être celle de mes anciens amis, de mes parens, répandue dans l'air, et devenue le jouet des ouragans.

Mais dans cet océan de tristesse où je me noie, j'ai cessé de baffouer les impertinens qui ont fait du Tout-Puissant une machine semblable à la leur.

Tout bon chrétien, Romain ou Grec, sait, à n'en pas douter, que la troisième personne de Dieu a fait la seconde ; c'est un article de foi auquel j'adhère sans difficulté, autrement je m'exposerais à mériter que le plus célèbre de nos avocats, patriote et catholique à gros grains, n'eût à me reprocher de n'être pas de la *majorité des Français*. Cependant il ne faut pas conclure de ce qu'il a plu à Dieu de se faire homme en ce sens, que dans un temps plus reculé il a pris la même forme pour venir ici-bas pétrir et organiser une *pelotte* de terre ; lui à qui il a suffi de sa volonté pour créer un globe douze cents fois plus gros que le nôtre, et jeter URANUS (comme un grain de sable) à plus de six cent soixante-deux millions de lieues du soleil.

Faire voyager celui qui peut tout, qui voit tout et qui sait tout, c'est le mettre en parallèle avec le Jupiter des païens, qui voyage pour savoir ce qui se passe, s'arrête chez Baucis, où ne trouvant que de la crême, il change l'eau en vin.

Laissons croire aux Hébreux que Dieu s'est rendu visible et même lithographe derrière un Pyracanta, où sur une pierre dure, sans burin, sans crayon et sans plume, il grava ses commandemens. L'histoire ne dit pas quel air il avait dans ce moment ; s'il avait les cheveux enflammés, si de ses yeux sortaient des éclairs ; mais il est certain que Moïse en eut grand peur, puisque, lorsqu'il descendit de la montagne, on s'aperçut qu'il lui était poussé des cornes.

❋

ADAM ET JOB.

Du patriarche Job la tranquille souffrance
    Plut au Seigneur ; il eut le don,
    Le beau don de la patience.
Sa femme le harcelle, il en rit et tient bon.
    Sur son fumier il garde l'abstinence,
      Il souffre tout avec constance,
      Et donne la chasse au Démon.
      Au contraire, le premier homme
Lui cède, mollement couché sur le gazon
    Avec son Ève ; au lieu d'y faire un somme,
Et de rêver le ciel, comme avait fait Jacob,
    Il s'amuse à presser la pomme,
    Et nous apprend à faire un rob. (1)
C'est fort bien ; mais la chûte et tous ses bénéfices....
L'homme ne mourrait pas, il n'aurait pas des vices,
Si Dieu, son créateur, au jardin des délices,
    Au lieu d'Adam avait mis Job.

(1) *Rob.* Expression arabe, adoptée en médecine pour désigner l'extrait des fruits mous et pulpeux appelés baies.

Le moyen de favoriser la conservation et le transport du sirop de raisin, c'est de poursuivre l'évaporation du moût et de le réduire à l'état de rob.

HYMNE AU SOLEIL.

Soleil, astre enflammé, brillante créature !
Ange resté fidèle au Dieu de la nature !
Demi-Dieu dans l'espace où luit ton feu divin !
Remplis la volonté du Dieu ton souverain ;
Newton l'a découverte ; on sait, l'on sait enfin
Qu'en un vide laissé par la haute sagesse,
    Aux planètes tu mets un frein ;
Que vers ton point central, dans leur vaste chemin,
Tu forces ces grands corps à graviter sans cesse.

    Ah ! que l'esprit de l'homme, enclin à la paresse,
    Est resté long-temps sot et vain !
Et de combien d'erreurs alors il fut la source !
Josué, qui croyait marcher sur un plateau,
Se vantait de t'avoir arrêté dans ta course,
Tandis que dans l'espace, entre l'une et l'autre ourse,
Autour de soi la terre emportait l'étourneau.

    Vers le Nil, où ton influence,
    Plus active que nos travaux,
Féconde le limon où de nos végétaux
    Sans toi mourrait toute semence,
    Si le peuple, par ignorance,
    T'a préféré des animaux,
Au Mexique, au Pérou, l'homme appelé sauvage,
Avide de te voir, te prenant pour son Dieu,
Dans ses temples en or a placé ton image ;
    En Perse, les amis du feu
L'entretiennent, soumis aux volontés d'un mage.

A peine as-tu chassé les ombres de la nuit,
Que l'homme prosterné t'honore et te bénit :
Chargé de cent hivers, la tête décrépite,
Contre un mur à midi, tranquillement posté,
A ton feu pénétrant le vieillard ressuscite;
Tandis que loin de lui le jeune homme emporté,
Brûlant d'un double feu qu'irrite l'espérance,
Dans les flots courroucés impétueux s'élance,
Et va mourir au sein d'une jeune beauté.

L'éléphant te salue ; et du riant bocage
S'étend, s'élève, se propage
Des oiseaux amoureux le concert répété;
Incliné devant toi, l'épi te rend hommage,
Et le cèdre, vainqueur du plus épais nuage,
Pour aller jusqu'à toi, perce les profondeurs.

De l'aurore au matin si tu sèches les pleurs,
On la voit de tes feux s'embellir la première,
Et c'est à ta seule lumière
Que nous devons l'éclat des fleurs.

Tu vois, dans l'Inde orientale,
La perle, le rubis, le saphir et l'opale
T'emprunter et vers toi renvoyer tes couleurs.
Ce feu pur et sacré, qu'aux dépens de sa vie
La vestale jadis devait entretenir,
A signalé dans l'Italie
La crainte de te voir finir.

Eh ! des hommes, sans toi, quel serait le partage ?

Où tu n'es pas, tout meurt; tu parais, tout verdit;
Pomone est fécondée et Bacchus te scurit.
Aussi de tous côtés, en tout temps, d'âge en âge,
Captives-tu les cœurs, occupes-tu l'esprit!
Vois, pour t'éterniser, comme on te reproduit!
Le catholique même adopte ton image.
Des siècles écoulés, notre siècle rival
Depuis long-temps se montre à peu près leur égal.
Tes traits, sous le marteau, supplice de l'oreille,
Fabriqués dans Paris, brillans dans tous les coins,
Selon que ta figure est blafarde ou vermeille,
Sans remise achetés sont payés plus ou moins.

D'Apollon autrefois la tête rayonnante
Offrait de ta splendeur l'image éblouissante;
Tes rayons ont passé sur le front de nos saints :
C'est justice; on leur doit de la reconnaissance;
    Car telle est leur toute-puissance,
Qu'ils ont au créateur ramené des vauriens.
On assure, et j'en crois les témoins sur parole,
Que du cruel Saul, ennemi des chrétiens,
Pharisien dans l'âme, et brandon de l'école,
Tu dérangeas l'esprit, tu changeas les desseins :
Tes rayons sur son chef firent une auréole
Qui, dans l'instant, chassa tous les esprits malins,
Et fit du Roi des cieux admirer les moyens.
De la divinité lumineuse étincelle!
Sois à jamais pour tous prodigue de tes biens :
Tu vois que le chrétien ne t'est pas infidèle,
Puisqu'il n'a pas cessé d'imiter les payens.

BROUILLON

« Vous avez raison, mon cher Lebrun ; *Avis* est du féminin : je vous remercie de la remarque.

» C'est bien assez pour ma satisfaction de vous trouver de mon avis sur les trois lettres ÉPI, qui précèdent beaucoup de mots insignifians, quand on les prive de cette tête postiche.

» L'Académie a bien à faire encore ; nous avons des mots qui, quoique bien différens pour l'orthographe, offrent pourtant un même son à l'oreille.

» Un étranger qui, dans ce moment, se mêle de faire part aux siens de ce qui se passe chez nous de remarquable, vient de pêcher grossièrement contre l'orthographe, dans une anecdote qu'il rapporte pour faire voir que le fameux avocat M. Dupin varie dans ses principes :

« A Saint-Acheul, dit-il, où s'est fait une procession
» dans laquelle le Saint-Sacrement était porté sous un
» dais magnifique, M. Dupin a tenu l'un des cordons
» du *baudet,* (pour *beau dais*). »

Si ce n'était pas la faute de la langue, il y aurait là de quoi lui faire un crime.

Parlons d'autre chose ; car j'ai des remercîmens à vous faire, et j'ai à me reprocher ma négligence.

3

Votre dévoûment, vos tableaux et vos vers sont au-dessus de l'éloge. Je vous ai lu et relu, avec l'intention de vous relire encore.

La chasse aux lions et aux tigres est un peu dangereuse : aussi ne vous en tenez-vous pas contre eux à la chevrotine !

Je ne saurais m'empêcher de rire, quand je pense que vous avez un nom qui se trouve le même que celui d'une montagne dont Jupiter écrasa les Titans.

Le portrait que vous faites du bourreau de la liberté, de Bonaparte, ne laisse rien à désirer :

« Le plus grand des héros et le plus criminel. »

C'est cela sans réplique.

Les oppositions, les contrastes vous font honneur. L'éloge du défenseur de la liberté, de l'immortel général, M. de Lafayette, sort naturellement du sujet. Vous n'êtes pas moins heureux quand vous parlez du Prince régnant. Vrai sans adulation, vous devenez l'interprète de tous les Français. N'allez pas croire pourtant que vous êtes sans rival (*). Le spirituel Andrieux (trop fluet pour mourir d'apoplexie) et qui donne l'espoir de vivre autant et plus que Fontenelle, dont il a hérité les talens; Andrieux vient de mettre au jour un très-heureux parallèle entre Louis XII et Philippe Ier, *ab ovo usque ad finem Ludovici, cujus cognomen pater populi.*

(*) Même thèse que la vôtre : *contra impotentes manus nobilium.*

L'ouvrage sort de presse; vous ne le connaissez peut-être pas encore; je vous l'envoie pour le lire : je ne vous le donne point, parce qu'il est adressé au *Patriarche*, et que je suis glorieux d'un honneur fait à ma vieille barbe, avec signature et paraphe.

S'il est vrai, comme on le dit, que vous vous promeniez maintenant sur les boulevarts, c'est une preuve que vous avez brûlé vos béquilles; je vous en fais mon compliment; plus âgé que vous, moi qui ai vécu sous six rois, je ne voyage plus que de mon lit à mon fauteuil, où l'idée m'est venue de m'occuper de mes obsèques comme vous des vôtres; les miennes auront moins de succès, car je n'entends rien aux affaires, et je crois :

> Qu'un poète n'est bon à rien ,
> S'il n'est utile à sa patrie.

Je ne sais si je dois consentir à la proposition que me fait un libraire de réimprimer mon système : La terre est un animal. Il n'est pas généreux; il fait l'effort de me donner vingt-cinq exemplaires de l'ouvrage, et puis c'est tout. C'est bien là, j'imagine, le cas de crier par trois fois comme dans la comédie :

Au voleur, au voleur, au voleur.

Adieu mon cher Curtius, Dieu vous ait en sa sainte et digne garde : *Vindicta facili quia patet solertiæ.*

Aris.

LE DINER DE L'OURS.

RÊVE.

Je dormais, je rêvais, j'étais en Laponie,
 A table avec quelques amis.
 Le repas n'était pas exquis :
 On n'est pas servi sous la neige
 Aussi finement qu'à Paris ;
 Mais nous avions en abondance
Les légumes, les fruits, les viandes du pays,
 Et nous allions faire bombance,
Lorsque sans dire gare, à grand bruit, brusquement,
La porte est enfoncée; et c'est un gros Ours blanc
 Qui vient nous faire sa visite.
 Jugez de la frayeur subite
Dont nous voilà saisis, frappés dans ce moment !
L'Ours est friand de l'homme; on le sait redoutable :
Celui-ci pouvait bien, sinon nous avaler,
 Faire du moins craquer le râble
 De l'un des nains qu'alors il trouve à table
 Tout à point pour se régaler.
Du monstre toutefois ce fut le pis-aller;
L'éclair du bonheur brille, et notre peur est vaine.
Voilà que sur nos mets son mufle se promène
 Tant et si bien, si goulument
 Et si vîte, qu'en un moment
 Il ne reste rien à la cène.
 Quand il est repu, le sournois,

A l'air content, il se repose,
Mais je l'examine, et je vois
Que dans sa tête il se propose
De nous manger une autre fois.

Moi, qui dés animaux me crois toujours le maître,
Vu qu'au jardin d'Eden, Dieu que l'on fait parler,
      Au temps jadis l'a dit peut-être;
      J'ordonne à l'Ours de s'en aller.
Lui, qui sait que les siens se laissent museler
      Et nous obéissent en France,
      Ne manque pas de signaler
      Ici sa désobéissance.
Je m'apprête à m'armer d'un lourd et dur bâton,
Voire, de mon fusil, pour tuer le glouton;
Mais ô prodige! à quoi notre pouvoir se borne!
      Voici qu'en place de mes doigts,
Au bout de mes deux bras se trouve de la corne!
      Elle glisse sur mon couteau :
Je ne puis manier ni cuiller ni fourchette,
      La faim me presse, et je souhaite
D'avoir, au lieu de bouche, un large et long museau.

Orgueilleux! me dit l'Ours, apprends à te connaître :
      Avec des mains, je ne craindrais
      Ni ton bâton ni ton salpêtre,
      Et c'est toi qui m'obéirais.

LE
DINDON MARTYRE

ET

LES MARTYRS DU DINDON.

HISTOIRE VÉRITABLE.

J'ADMIRE dans Boileau le dîner qu'il décrit ;
De la profusion c'est un tableau comique ;
Mais de la ladrerie un trait vraiment unique,
Qui, passé sous mes yeux, me tourmente l'esprit,
On me pardonnera d'en faire le récit.
Comme le fablier, Boileau n'a pas tout dit :
    Je glane après le Satirique.

    Chez un bâtard de Cicéron,
Avec Serve et Bolet, disciples d'Hippocrate,
Cédant au doux espoir de dilater ma rate,
De sabler du Champagne et chanter la chanson,
Ces jours passés je fus.... Parle, achève Apollon ;
Maîtrisons, s'il se peut, cette matière ingrate,
Je fus mâcher ma part du *tiers* d'un dur dindon.
Du *tiers !* eh oui, du *tiers !* je ne connais personne
Qui m'entendant le dire, à l'instant ne s'étonne ;

Cependant c'est un fait qui, narré tout du long,
D'Héraclite jadis eût déridé le front.
Le lecteur, toutefois, est en droit de me dire
    Qu'il faut s'entendre, avant de rire,
    Et que moi tout seul je m'entends.
Sur ce *tiers;* je le crois : j'en suis à la préface.
Attendez, attendez les développemens ;
C'est exiger trop tôt que je vous satisfasse.

    Mais à cette remarque on ne s'arrête pas !
Le *tiers consolidé* donna moins d'embarras
Au rentier qui de trois ne vit qu'un dans la nasse ;
Celui-ci moins fatal, causera moins d'hélas !
Dieu nous garde au surplus d'avoir un nouveau Law !
A ce dîner, dit-on, ni perdrix ni becasse !
Pourquoi cela ? Pourquoi victime du trépas,
L'oiseau stupide et lourd des fils de saint Ignace
Fut-il le fin morceau, l'ortolan du repas ?
Je réponds : Un grand bruit circulait dans la France ;
Des *tricornigeri* la redoutable engeance,
Habile à dominer et le peuple et son roi,
Figurait sous le nom de Pères de la foi.
Tout professeur laïc, aimé dans un collége,
D'enseigner désormais perdait le privilége :
Les renards triomphaient ; une tacite loi
Partout faisait rentrer l'ambitieux cortége.

Vieux rhéteur mécontent, notre hôte, ce jour-là,
Voulait rire aux dépens des preux de Loyola ;

Des Coqs d'Inde comme eux pullulant dans la France,
Un élu de son choix lui donnait l'espérance
Que le verre à la main, ensemble à ce gala,
Nous ferions en bons mots éclater la vengeance.

Depuis plus de huit jours nous étions invités
    A nous trouver aux funérailles
Du glou-glou, ce goitreux dans nombre de cités
Dit par nos saints Crépins la perle des volailles.
Quantité d'autres mets avec soin apprêtés,
L'un après l'autre encor devaient être apportés:
Quant au vin il devait réchauffer nos entrailles.
Voire! me rendre à moi d'anciennes facultés.

    Huit jours d'attente! Après un si long terme
Nous pensâmes qu'au poste il faudrait tenir ferme,
    Et nous desserrer les côtés.
Eh bien? on m'en croira, j'espère, sur parole,
Car de côté, vraiment, je mets toute hyperbole.

Le potage est servi; suit un bœuf filandreux,
Rebelle à la fourchette et moins brun qu'écarlate,
Laissant à désirer aux palais dédaigneux
La moutarde de Mail ou la sauce tomate.

A moi, pauvre sans-dents, suffit un aîleron,
    J'y comptais; j'apprends qu'un tison
Roulant comme avalanche, avait de la marmite
    Fait sauter, sortir du bouillon
Le léger abattis : Minet et Laridon

Avaient saisi le tout et tous deux pris la fuite;
Mais patience, allons, chut! voici du nouveau :
On sonne, on ouvre, et c'est... la tourte au godiveau,
Où flotte l'écrevisse, honneur de dix boulettes
   Faites
  Par un marmiton jouvenceau,
Aux dépens d'un matou, de nuit aux oubliettes
Haché menu, pétri, fourré dans un tombeau
D'où sort un coulis gras figeant sur les assiettes!
Quant au bord, ce pourtour qu'on aime à croustiller,
Un flasque bourrelet plus mou que du papier.

L'HÔTE s'apercevant que son monde rechigne,
S'en excuse hautement, et trois fois, d'un ton digne :
  Pardon, dit-il; pardon, messieurs, pardon;
Flatté de vous avoir, j'avais promis des huîtres,
Mais ma femme... Tenez, c'est un petit démon
Qui, maîtresse au logis, quand je dis oui, dit non.
Là, conviens-en, Mamour; elle eût cassé les vîtres,
Si l'écaillère eût mis le pied sur le perron.
La dame grimaçant : Parlez-vous tout de bon ?
S'il est ainsi, je prends ces messieurs pour arbitres.
—Prenez. —Comment, prenez! L'effronté! Jarnigoi!
  Quand on a du monde chez soi,
  S'en tient-on à son ordinaire ?
  Non : je le dis, mais j'ai beau faire,
  C'est temps perdu; le vieux corsaire,
  Il fait le sourd, et reste coi.
Moi, je commande ici! Non, non, ce n'est pas moi,
  C'est l'argent qui lui fait la loi.

—Vous mentez, taisez-vous. —Je ne veux pas me taire,
Et puisqu'il faut de point en point
Dévoiler ici le mystère,
Les huîtres, c'était ton affaire,
Et c'est toi qui n'en voulus point.

Affligé de cette incartade,
Certain neveu, joli garçon,
Le *factotum* de la maison,
Dit : l'un et l'autre hors de saison
Vous vous fâchez : quelle boutade ! —
Mon oncle, versez-nous rasade
De la comète, pour raison ;
Car il est bon, on peut m'en croire.
(*Il chante.*)
« Eh bon ! bon ! bon !
« Que le vin est bon !
« Dépêchons-nous d'en boire. »

Ce refrain assez gai d'une vieille chanson
Chassant l'humeur atrabilaire
De la patronne et du patron,
Le vin, au gré de la chanson,
A rouge bord dans chaque verre,
Est versé; mais voyez l'effet
Qu'il a produit sur les convives !
Ce joli vin, ce vin clairet,
Au lieu de monter au toupet,
Mord le palais et les gencives ;

Ce fut au point que Nogaret,
Reste vivant d'un vieux gourmet,
Suait, comme on nous dit qu'au jardin des Olives
Sua Jésus de Nazareth.
Tout beau ! l'hypocrisie argus du *quid libet*,
Pourrait nous accuser d'en dépasser les rives ;
Au fait, au fait, au fait :
Des fetfa pour l'enfer évitons les missives.

L'oiseau martyrisé, la dinde arrive enfin,
Portée en un plat creux ainsi qu'un cul-de-jatte,
Sans bras, sans jambe, offrant les traces du larcin
Fait sur son corps par un fer assassin.
Quoi ! sans cuisse et sans aile ! ah ! tout est expliqué.
Le chien et le matou n'avaient pas tout croqué.
Et *le tiers ?* bon ; c'était le reste du corsaire,
Qui, fauteur du délit, n'en fut pas offusqué.

Gloser est un métier qu'à son taux j'apprécie ;
Mon ladre a des vengeurs ; on jase, on se récrie.
» J'ai tort de me montrer si fortement surpris
» De ce corps délabré : de semblables débris
» Sur table tous les jours sont offerts dans Paris.
Qui ne sait pas que dans la bourgeoisie
C'est un usage assez suivi
D'écarteler l'oiseau ; mais quand il est servi ;
Quand sur table en entier chacun a vu l'hostie.
On sait, on sait encor que souvent un mari,
D'un geste moniteur et les yeux en coulisses,

De sa complaisante moitié,
Dont il attend les bons offices,
Sous table, en tapinois, poussant le bout du pied,
Lui dit sans lui parler : bijou, serrez les cuisses.
On devine, on connaît ces petits artifices.
Chez tous les bonnes gens l'indulgente amitié
Supporte assez gaîment ces légers sacrifices,
Et tout membre en réserve est d'abord oublié.
Mais chez un Quidam à son aise,
Mais chez un matador, chez un Amphytrion,
Qui doublement, par parenthèse,
Est digne d'un aussi beau nom,
Que le dindon tout cru, que cette pauvre bête
Ait subi l'amputation
Deux ou trois jours avant la fête!
Un croquant de ce genre obtiendrait son pardon?
Non.

De ce coq un peu vieux, mais d'un ample corsage,
Le corps défiguré n'offrait plus qu'une cage ;
Un grand coffre si maltraité,
Qu'il nous offrait la triste image
D'un vaisseau battu par l'orage,
Et que les vents ont démâté.
Tout poète est menteur : fort bien ; mais cet adage,
Gardez-le pour autrui ; j'ai dit la vérité,
Non pas sans quelque bavardage,
Mais bavarder est de mon âge.

Dieu du Parnasse, c'en est fait,

Du dindon j'ai peint la disgrâce,
Peins la nôtre, dis, dis, qu'après un tel déchet
        Sur cette hideuse carcasse,
En lame de couteau saillait un long brechet
        Accolé d'un double filet
        De chair compacte et coriace,
        Tel qu'un tissu, qu'un dur paquet
        D'écorce d'arbre ou de filasse ;
Que la faim nous pressait, qu'en faisant la grimace,
Il nous fallut manger de cette corde à puits....
Quelle indigestion ! J'en souffre encor depuis.

LA CONSULTATION.

Ancipiti rerum mens
Fluctuat æstu.

Répondez-moi, mon Apollon :
Pour être heureux dans cette vie
Faut-il se rendre à la raison,
Ou se livrer à la folie?

Je sais, je vois distinctement
Que la sagesse a deux visages,
Et je cherche, mais vainement,
De quel côté sont les vrais sages.

L'un est sobre, l'autre est gourmand;
Celui-là rit, cet autre pleure;
C'est agir bien différemment!
Quelle méthode est la meilleure?

Me faut-il prendre Anacréon,
Tibulle ou Solon pour modèle?
Mourir triste comme Caton,
Ou sans soucis comme Chapelle?

Avec de l'or on vit content,
Si l'on en croit un vieil adage :
Amassez, ayez du comptant,
Chacun va dire : c'est un sage.

Ainsi soit-il! à prix d'argent
Tuer maint auteur estimable,
C'est la sagesse du moment :
Tout Zoïle a fort bonne table.

Or sus j'imite les frérons;
Je vais.... que dis-je! affreux mérite,
Mieux vaut s'en tenir aux ognons,
Comme le pauvre Démocrite.

Tubéron vécut simplement,
Il ne mangeait que dans l'argile;
Voilà le bonheur..... Doucement;
J'obliais Horace et Virgile.

A la table d'un Empereur,
Rire et mener joyeuse vie,
Pour tous deux ce fut un bonheur
Qui me semble digne d'envie.

César leur fit de beaux présens,
Mais sans cesser d'être leur maître :
Tous deux ils furent courtisans;
Jean Jacques ne voulut point l'être!

Chacun a sa philosophie,
Et chacun croit avoir raison :
Sagesse est un Caméléon;
Comment saisir ce qui varie?

Une guitare, de bon vin,
Femme d'esprit, fidèle et tendre,
Pour arriver à bonne fin,
Tous trois me semblent bons à prendre.

Cependant vaincre ses penchans,
C'est l'ouvrage d'un philosophe;
Il doit donner, dans tous les temps,
Le plus beau lustre à son étoffe.....

Oh! la sagesse à pareil prix,
Est moins un bonheur qu'un supplice :
Composons; flattons l'œil surpris
Par les dehors de l'édifice.

Qui lit dans les cœurs? qui saura
Mes goûts secrets, ma fantaisie?
Tout beau! cette sagesse-là
Est celle de l'hypocrisie.

Les croix deviennent des poignards,
L'Astuce a des projets sans bornes;
J'imiterais, moi, ces Caffards,
Coiffés du bonnet à trois cornes (1)!

Ou cet Ermite, autre imposteur,
En capuchon nouveau Priape,
Au nom de Dieu, pour faire un Pape (2),
Luce abusant d'un jeune cœur!

Fuyons... cherchons ce qui doit plaire,
La vérité. L'homme d'esprit,
Soit en parlant, soit par écrit,
Ne plait qu'autant qu'il est sincère.

Journaliste, il perd son papier
S'il n'est pas toujours véridique;
Guerre aux auteurs; point de quartier;
C'est le devoir d'un bon Critique.

Cependant, à plus d'un danger
On s'expose en osant tout dire :
Je croirais qu'un voile léger
En certains cas peut ne pas nuire.

La vérité devient laideur
Dans la bouche de Diogène :
Chez Fontenelle un peu trembleur,
Sous les fleurs elle est à la gêne.

Lequel me faut-il d'adopter,
De la franchise ou du mystère?
Je vois ce qu'il faut éviter,
Et point du tout ce qu'il faut faire.

Reste à saisir en temps et lieu
L'heureux moment, la circonstance.
Dupin, dit-on, garde un milieu,
Est-ce sagesse, est-ce imprudence?

Pour arriver au vrai bonheur,
Quel chemin prendre? on est en doute!
On voit une double lueur.....
Au hasard, on se met en route.

J'y perds la tête en ce moment;
Aidez-moi donc dieu du Parnasse,
A m'égarer si sagement
Que chacun veuille être à ma place.

APOLLON.

Ami, tu viens me consulter
Moi qui renverse les cervelles!
Moi qui m'amuse à coqueter
Sous des lauriers, avec neuf belles!

Chacun est sage à sa façon;
Mais on peut dire à qui balance :
Sois sage comme Salomon,
Tu le seras par excellence.

ARIS.

NOTES.

(1) *Coiffé du bonnet à trois cornes.*

Nous voudrions pouvoir user d'indulgence envers cette compagnie, du sein de laquelle sont sortis jadis d'utiles interprètes de nos meilleurs auteurs latins, et à qui l'on doit une Encyclopédie latine, dont la dernière édition est de

1581, et la première du temps de Charles IX ; mais qu'ont-ils fait depuis les audacieux perturbateurs qui leur ont succédé ? On les a vus, à la honte de certains Préfets, RÉUSSIR à humilier, à avilir des soldats FRANÇAIS au point de leur faire porter en procession des doubles potences de la hauteur de 30 et 40 pieds, et d'une pesanteur écrasante. Des hussards à cheval ont été forcés d'en descendre, de se courber et de s'agenouiller comme des soldats du pape. On eût cru voir les braves compagnons d'Ulysse changés en bêtes.

Pères de la Foi, ils n'en ont qu'à la promesse qui leur a été faite par INIGO de tout envahir, de faire plus que le croissant de Mahomet. Où n'ont-ils pas pénétré en effet, et quels crimes n'ont-ils pas commis ? En Amérique ils font mourir et brûler à petit feu sur des charbons ardens, *Guatimozin et Atabalipa*, souverains de ces contrées : chez nous aujourd'hui, que ne viennent-ils pas de faire ?

Si la compagnie s'est soumise à l'autorité du pape, ce n'est pas qu'elle ait plus de respect pour la thiare que pour le bandeau des rois. Les pères sont trop futés pour ne pas rire malignement du pouvoir divin attaché à la couronne à trois étages et à la pantoufle ; mais il suffit que les dévôts n'en doutent pas, pour en tirer un bon profit. Voyez ce qui se pas e maintenant par delà les Pyrénées ; rien ne s'y fait, qu'en vertu de l'*adhésion* du souverain pontif aux *volontés* du général de l'ordre.

À l'aspect de l'une de ces têtes au feutre triangulaire, je me trouve tout-à-coup en Lycie, je crois y voir le TRI-FORMIS *Atrox*, qui en était le fléau. — Vous parlez de la Chimère, elle est morte.— Elle est ressuscitée ; elle n'est pas vaincue, je ne la crois qu'effarouchée ; elle prodigue l'or pour susciter des troubles. C'est à Philippe Ier qu'il est ré-servé de se montrer un nouveau Bellérophon.

(2) *Au nom de Dieu, pour faire un pape.*

Frère Luce se servit d'une corne à bouquin pour grossir sa voix, en parlant au nom de Dieu ; l'instrument fit son effet, il obtint la jeune fille ; elle accoucha d'un enfant, mais il lui manquait ce qu'on veut qu'ait le pape.

LE CHÊNE ET LE BUISSON.

APOLOGUE INÉDIT.

Que fais-tu donc là-bas, assassin venimeux?
Disait un jour le chêne au buisson épineux :
Tu blesses les passans, tu braves le reproche;
    Chaque personne qui t'approche
    Te voudrait voir loin de ces lieux.
    Et moi j'y tiens comme une roche,
    Je ne veux pas m'en séparer ;
    Ce n'est pas pour te récréer
    Que j'occupe ce coin de terre;
    Je dis à qui peut désirer
    Que je m'éloigne pour lui plaire,
    C'est à toi de te retirer.
Sans doute il vaudrait mieux, pour amorcer les hommes,
Que j'offrisse aux passans la noisette ou des pommes.
    Je n'ai que des dards : j'en conviens,
    Mais fais-tu donc de si grands biens;
Toi, chêne dédaigneux! courage, moralise.
Le bon roi! que faut-il, que veut-il qu'on en dise?
Qu'il nourrit dans les bois des lièvres, des lapins
    Pour qui le gland est une friandise ;
    Qu'il engraisse des Marcassins!
De leur troupe entouré, témoin de leurs festins,
Tu dois bien t'applaudir de tes heureux destins.
L'arbre de Jupiter au-dessus de l'outrage
Accomplit de ce dieu les paternels desseins,
    Tous les êtres sont son ouvrage.
Ne sait-on pas d'ailleurs, qu'au temps du premier âge

De mon fruit qui, soumis à de savantes mains,
    Perdait son âpreté sauvage
    J'ai nourri les pauvres humains
—On le dit.... mais encor aujourd'hui que les grains,
    Et non le gland, sont partout en usage,
Quel service rends-tu? — Je borde les chemins,
Le voyageur bénit mon salutaire ombrage,
Tandis que l'on te craint, qu'on fuit ton voisinage.
— Qui m'évite a raison, je blesse je fais peur,
    Lamalveillance est mon partage :
    Je ne perdrai rien avec l'âge,
Car mon dessein n'est pas de devenir meilleur.
Oh, oh, dit un quidam, c'était un élagueur
De qui le juste au corps offrait un témoignagne
Qu'il venait à l'instant de payer le passage,
    On peut juger de son humeur,
Il porte et fait briller par de-là son épaule
Un croissant que balance une flexible gaule :
Il a prêté l'oreille à l'un et l'autre acteur;
Il approuve le chêne, il condamne l'arbuste,
    Et de l'arbre qui parle juste
    Se déclare le défenseur.
Gare au buisson; contre le téméraire
    Je vois marcher l'officieux vengeur
    Qui s'apprête à le faire taire.
Que fait ici, dit-il, ce nain, ce malfaiteur,
Ce traître, ce jaloux, cet impudent railleur,
Qui, je crois, des enfers tire son origine?
Je le vais d'un seul coup envoyer de bon cœur
Du seigneur Lucifer échauffer la cuisine.

Le buisson se hérisse, et paraît en fureur.
Frappé deux fois, deux fois il résiste et s'obstine
    A tenir bon : il se lutine;
De ses rameaux croisés épaissit le tissus;
Il ébrèche l'acier qui touche à son épine;
Mais un grand coup enfin l'atteint vers la racine
Sa résistance est vaine, il était et n'est plus.

Mon chêne est un esprit au-dessus du vulgaire,
    Un philosophe, un Bélisaire;
Le buisson un Zoïle, et l'élagueur.... Voltaire.

OBSÈQUES DU DOYEN.

Bonsoir la compagnie.

VIRGILE, Horace, Ovide et les Césars sont morts;
Que conclure de là? Que de nos faibles corps
    Le temps, vainqueur de la nature,
    Nuit et jour minant les ressorts,
    Vers le lieu de la sépulture,
    Autrement dit, les sombres bords,
Nous *pousse, en arc courbés,* malgré tous nos efforts.
La meilleure santé n'est trop souvent qu'un leurre
Auquel se trouve pris, même les médecins!
Gens bornés, gens d'esprit, sujets et souverains
Tout décampe à la file; il faut que chacun meure.
On chante, on danse, on rit; quant à la dernière heure,
    On est loin de la soupçonner ;
La mienne, hélas! la mienne est bien prête à sonner,
Et ce qui s'en suivra, je puis le deviner.
Qui survit aux défunts n'aime pas à jeuner.
Sur les bords du fossé ma dernière demeure,
En cercle tristement on viendra bourdonner.
Tel qui m'aimait vivant, qui gémit et qui pleure,
L'instant d'après dira, prompt à s'en retourner :
Requiescat; adieu, j'ai faim, je vais dîner.

NOTA. Cette petite pièce doit terminer un jour les ouvrages de l'auteur.

✳

TABLE

TABLE.

FIN DE LA TABLE.